AF672833

-FACHAN –

Der Autor ist ein Schüler

Wie in Trance gehen meine Füße die alten gefühlt endlosen Treppen zum Tempel hoch.
Schritt für Schritt sehe ich auf die staubigen Stufen, wie sie mich immer weiter nach oben tragen. Mein Herz klopft fest, aber ruhig. Meine Gedanken schweifen ab in die Vergangenheit...

~ Immer ein Ding der Unmöglichkeit nach dem anderen ~

1.Kapitel

Also, Treppen wieder runter.... Der Vormittag im Kindergarten neigt sich dem Ende. Pünktlich wie die Maurer steht unser Familienhund Gigi täglich aufgeregt am Gartentürchen, bis meine Mom es öffnet und ruft: „Na dann lauf, hol Elisa“. Gigi fliegt dann wie „Fuchhur“ aus der unendlichen Geschichte von Michael Ende durch unser kleines Dorf, um mich abzuholen. Ist das nicht süß? Gigi muss eine innere Uhr haben, denn dieses Spektakel findet täglich statt. Vermutlich kann sie es nicht abwarten, dass ich ihr von meinem Tag erzähle, denn auf dem Nachhauseweg unterhalten wir uns immer. Jedoch sind wir nicht zu zweit unterwegs, auf unserem Weg begleitet uns oftmals ein Freund. Er verkörpert das Aussehen des Pan Taus (eine Figur aus einer Kinderserie aus dem Jahr 1973). Pan Tau, ein älterer Herr, kam von einem Planeten zur Erde gereist. Stets freundlich, lächelnd, sehr elegant, gutmütig, im Stresemann- Anzug, einem Regenschirm, Melone auf dem Kopf und einer weißen Nelke im Knopfloch. Er ist auf dem Heimweg immer zur Stelle und begleitet uns, allerdings ausschließlich auf dem Heimweg. Wir, Gigi und ich, sind von seiner Anwesenheit überzeugt, meine Eltern allerdings sind da anderer Meinung. Sie sind sich sicher, dass er nur in unserer Fantasie existiert. Aus diesem Grund haben wir mit der Zeit aufgehört, von ihm zu erzählen.

„Gigi, kommst du mit hoch?“ Oft nehme ich Gigi mit auf mein Zimmer, dann fühle ich mich nicht so alleine, denn manchmal beschleicht mich ein eigenartiges Gefühl, als stehe, wer hinter mir über die Schulter blickt, um mich zu beobachten. Wenn ich langsam, in Zeitlupe, über meine Schulter blicke, ist da nichts. Außer Gigi, die in die Ecke meiner Zimmerdecke starrt, fiept und mit dem Schwanz wedelt, als würde sie dort etwas sehen, was für mich nicht sichtbar ist. Naja, ich sehe schon was Spinnwebe mit einem Weberknecht, der dort wohnt, aber sonst habe ich bisher nichts außer gewöhnliches entdecken können. Das Gefühl, dass etwas anwesend ist, habe ich, seit ich denken kann. Immer schon gedacht / gewusst / gespürt, aber ich habe noch nie etwas gesehen.
Bin ich irgendwie anders als die normalen Menschen? Eine Frage, die mit einem unbeschreiblichen Gefühl in

meinem Herzen einhergeht, welches mein ständiger Begleiter ist. Manchmal denke ich, dass ich nicht von dieser Erde bin, sondern vielleicht wie Pan Tau von einem anderen Planeten. An meinen Geschwistern sehe ich täglich, dass sie selbstbewusst, mutig und laut sind. Schüchtern, leise und ängstlich beschreiben mich. Wenn es ganz leise um mich wird, zum Beispiel wenn ich abends alleine in meinem Zimmer im Bett liege, (Gigi darf Nachts leider nicht bei mir bleiben und in meinem Bett erst recht nicht) höre ich ein flüstern, das ich bei jedem Schlag tief im inneren meines Herzens immer wieder wahrnehme „ich bin“......“ ich bin“..... „ich bin“.... es hört niemals auf. Tagsüber ist es eher weniger, vermutlich weil die Alltagsgeräusche wie Geschwister, Radio, Autos, etc. es übertönen. Am Abend und in ruhigen leisen Momenten, wenn ich alleine bin, ist es deutlich zu hören. Oft fühlt es sich beängstigend an, diese Worte wahrzunehmen. Mich jemandem anzuvertrauen? Nein, diese Frage stellt sich nicht. Kein Bock darauf ausgelacht zu werden. Wenn ich es Mum und Dad erzähle, was dann? Dass Pan Tau eine gewisse Zeit lang schon unser Freund ist, glauben sie uns auch nicht, weißt du? Deswegen behalten Gigi und ich es lieber für uns.

*~ **Wenn jemand sagt, dass es nicht geht, denke immer daran, dass es seine Grenzen sind, nicht Deine!** ~*

2.Kapitel

Die Jahre vergehen wie im Flug, meine Freunde, Gigi und Pan Tau sind nicht mehr an meiner Seite. Was letztendlich dazu führte, dass ich mich noch mehr vom normalen Leben ausgrenze. Ich bin nicht das typische Mädchen, das sich ständig mit anderen Mädchen treffen und vergleichen muss. Wer ist die beste, tollste, schönste und hat den coolsten Style? Wer hat das neuste und teuerste Smartphone, und wer die meisten Follower und Likes auf Social Media. Also was machst du? Eher gesagt, was mache ich? Noch mehr

zurückziehen, in meine Gedankenwelt eintauchen, Journal schreiben und Bücher lesen. Du fragst dich vielleicht, welche Bücher? Belletristik, Liebesgeschichten, Thriller usw.? Natürlich NICHT! Eckhart Tolle, Laura Malia Seiler, Maxim Mankevich, Lars Amend, Kurt Tepperwein und viele mehr! An dieser Stelle: Meine herzlichsten Grüße, gehen raus, ihr habt mich gerettet! DANKE, ICH LIEBE EUCH!
Über den Tellerrand schauen, wir sind die Schöpfer unseres Lebens, Veränderung ist Wachstum, Intuition. Meditation, Yoga, Bücher, Hörbücher und Podcasts zu diesem Thema sauge ich auf wie ein Schwamm, sie halten und tragen mich mit so viel Liebe und Freude wie es Gigi und Pan Tau zu ihren Lebzeiten getan haben.

~ Bitte übernimm die Verantwortung für die Energie, die du aussendest! ~

3.Kapitel

Seit Jahren, nun schon, schreibe ich meine Gedankenwelt auf Papier. Manchmal, wenn kein Blatt und Stift verfügbar sind, schreibe ich Notizen auf meinem Smartphone.
Gerade als ich wieder mal dabei bin zu schreiben, geschieht etwas Eigenartiges. Den Kugelschreiber, den ich halte, verändert meine Schrift in etwas für mich

Unleserliches. Verwundert sehe ich zu, wie meine Hand von was auch immer geführt wird. Der Rest meines Körpers hält inne, sogar meine Lungen wagen es kaum, nach Luft zu ringen. Meine Augen folgen neugierig dem Stift und der Tinte. Verblüffend, schaue ich mir den Text genauer an, was ich sehe, wirft Rätsel auf. Was soll mir das sagen? Was soll es bedeuten? Hat es überhaupt was zu bedeuten? In Zeitlupe setzt, wie schon so oft, der Schulterblick vorsichtig ein. Ich möchte an dieser Stelle deutlich erwähnen, dass wir hier nicht in der Fahrschule sitzen. Aber wie immer ist niemand zu sehen.
Plötzlich die Idee! Fotografieren und anschließend im Internet nach ähnlicher Schrift suchen. Prompt starte ich die Idee. Die Übersetzung zeigt mir die Vermutung, dass die Schrift bengalisch oder thailändisch zu sein scheint. Ein Wort „FACHHAN“ und nebendran der Satz: „DER AUTOR IST EIN SCHÜLER“ wurde erkannt. Staunend, irritiert und fasziniert schaue ich auf die seltsamen Schriftzeichen. Sie müssen doch aus einer alten Zeitperiode stammen?! Ich höre wie meine Stimme zur Abwechslung, statt leise „ich bin“ nun laut „WTF“ sagt.

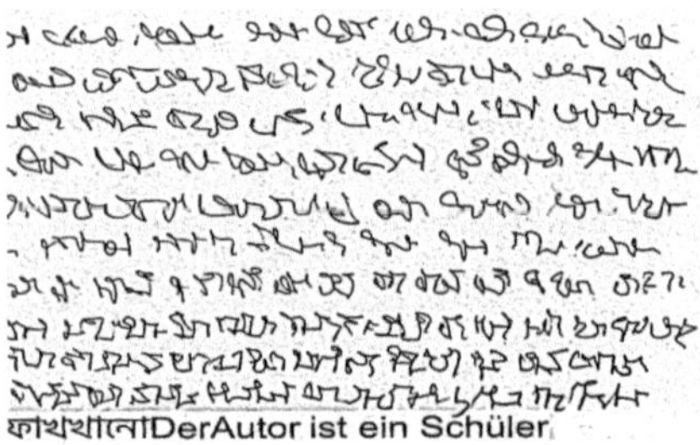

~ Ein Nein ist ein abgeschlossener Satz! ~

4.Kapitel

Die Scheidung meiner Eltern damals und die damit verbundene Auswanderung meines Vaters sollte mich für einen Besuch nach Thailand führen. Nach ca.11 Stunden Flug und angekommen in Thailand komme ich aus dem Staunen nicht heraus. Die buddhistischen Mönche in ihren traditionellen orangefarbenen

Gewändern, ihren Tempeln, die überfüllten Straßen mit unzähligen Altären. Die Buddhafiguren, das Essen, der Reis, (ich liebe Reis) einfach so wundervoll und spannend. Der Duft von weißem Salbei, der von überall aus den Räucherstäbchen emporsteigt, flutet meine Nase und löst in mir das Gefühl von Heimat aus. Zum ersten Mal habe ich das Gefühl, nicht fremd zu sein, und das in einem fremden Land! Klingt das nicht verrückt? Faszination pur. Das Meer, die Palmen, das Lächeln der Menschen, die hupenden Tuk Tuks und eine fünfköpfige Familie auf einem Mofa. Irre

Überall Katzen und Hunde, wobei die Katzen großes Glück genießen, denn die Thais kümmern sich um die Katzen. Sie glauben an Mythen, dass verstorbene Seelen ihrer Familienmitglieder in den Körper einer Siamkatze übergehen und werden dementsprechend liebevoll umsorgt. Leider teilen die Hunde in keiner Weise die gleichen Vorzüge in diesem Land.
„Sawasdee Krap Elisa, Eliiiiiisa Früüüüüühstück, bist du wach?" Mit diesem thailändischen Morgengruß klopft Dad gegen meine Hotelzimmertür, sodass ich unsanft aus meinem Schlaf gerissen werde. „Jetzt schon!" „Ich komme gleich runter" lautet meine Rückantwort. Vermutlich wegen dem Flug vom Tag zuvor und den vielen neuen Eindrücken aus diesem Land, habe ich so tief geschlafen, dass ich meinen Wecker nicht gehört habe.
„Wow!" Das heimische Frühstück in Thailand ist bunt wie ein Regenbogen. Frische Früchte wie Ananas, Wassermelone, Papayas, Mini-Bananen, Mangos, dazu kalte frisch gepresste Säfte und leckere Smoothies. „Das sieht nach Energie für den ganzen Tag aus", voller Freude stürze ich mich auf das Frühstücksbuffet, denn auf dem Plan für heute steht, dass Dad mir ein Stück Thailand zeigen möchte.

~ Niemand denkt über die Weise über dich nach wie du es tust! ~

5.Kapitel

Der Besuch in Thailand scheint wirklich ein Abenteuer zu werden. Als erstes erkundige mich bei Dad nach grundlegenden Begrüßungen und Höflichkeitsfloskeln:

- Hallo / Guten Morgen / Guten Nachmittag / Guten Abend
- :Sawasdee (สวัสดี) – sa-wat-dee
- Anmerkung Männer fügen „krub“ (ครับ) am Ende hinzu, und Frauen fügen „ka“ (ค่ะ) hinzu, um Höflichkeit zu zeigen.

- Ich danke Ihnen: Kob khun (ขอบคุณ) – khawp khun
- Ja: Chai (ใช่) – chai
- Nein: Mai chai (ไม่ใช่) – mai chai
- Verzeihung / Entschuldigung: Khor toht (ขอโทษ) – khaw toht

Meine Antwort darauf war mit hochgezogenen Augenbrauen: „Alles klar kann losgehen!“

~ Wenn es deinen inneren Frieden stört, ist der Preis einfach zu hoch! ~

6.Kapitel

„Meine Güte, Vadda, du rennst, als wären wir auf der Flucht, mit schmerzverzerrtem Gesicht drücke ich meine Hand in die Hüfte, weil das Seitenstechen gerade keinen weiteren Schritt mehr zulässt. Keine Ahnung wie lange und wie weit wir schon am Strand entlang stapfen. Kennst du das Sprichwort: „Wer rastet, der rostet Elisa?“, ist grinsend seine Antwort, ebenfalls mit hochgezogenen Augenbrauen. „Auf dem Asphalt in Deutschland kommt man besser voran als im Sand“, ist mein Einwand und ich schnappe nach Luft. Der Schein trügt, liebe Elisa, „komm auf geht's. Darauf folgt ein weiterer endloser Weg...
Jeden Morgen um 5 Uhr steht mein Dad auf, meditiert, macht Yoga, mit darauffolgenden endlosen Spaziergängen. Vermutlich sehen deswegen unter anderem seine Waden aus wie aufgepumpt. Plötzlich: Schulterblick, du kennst es bereits. Wieder mal denke ich, es ist etwas hinter mir, aber nichts wie immer. Was ich aber beim Zurückschauen sehe, ist ein endloser Strand und Wasser und in diesem Moment wird mir wird klar, dass ich den ganzen Weg auch wieder zurück Latschen muss.

Mein Dad wohnt seit mehreren Jahren in Thailand und täglich tut er sich das an und jetzt denke ich mir gerade, als er abrupt stehen bleibt, mit einem Arm zu mir nach hinten streckt und ernst ruft: „Bleib stehen!" Einen Einwand habe ich nicht, denn das Seitenstechen hat bisher nicht nachgelassen. Nun hört man von weitem aufgeregte Hunde bellen. In der Ferne erkenne ich einen Rudel Hunde, die sich unserer Richtung nähern. Ich liebe Hunde, aber in Thailand ist das Treffen auf ein Rudel nicht ungefährlich. Dad und ich sehen uns mit hochgezogenen Augenbrauen an und mir wird in diesem Moment klar, dass ich diese Mimik von ihm geerbt haben muss. Zähnefletschend umzingeln uns fünf struppige, furchteinflößende Straßenhunde. Dad lässt mehrere Ohrenbetäubende Schreie von sich, dabei gestikuliert er mit weit auseinander gerissenen Armen. Für die Vagabunden sieht es sichtlich so bedrohlich aus, dass sie kehren und wegrennen. Zum Glück! „Dein Geschrei war so schlimm, dass ich schon überlegt habe, mit ihnen wegzurennen", gebe ich erleichtert und lachend von mir.

Wir entscheiden uns, zurück in die Stadt zu gehen. Dad möchte mir ein Tattoo sponsern, wenn meine Körperstelle noch einen freien Platz dafür hergeben würde. Mein Körper ist verziert mit Buddha, Lotusblüten, Om - Zeichen und einigen Sak - Yant Tattoos. Ein echtes Sak - Yant Tattoo von einem Mönch gestochen, das fehlt noch in meiner Sammlung. Das Sak - Yant - Tattoo ist eine alte Kunst aus der buddhistischen Kultur. Diese heilige Praxis soll dem Träger durch den buddhistischen Mönch, der das Tattoo anbringt, magische Kräfte verleihen. Ich sitze mit gekreuzten Beinen auf einer Matte in einem kleinen, abgedunkelten Raum eines thailändischen Tempels. Die Luft ist erfüllt vom Duft der Räucherstäbchen, und die leisen Gebete des Mönchs hallen in meinen Ohren wieder. Vor mir kniet er, in seine safranfarbene Robe gehüllt, mit einem konzentrierten Ausdruck auf dem Gesicht. In seinen Händen hält er eine lange, dünne Bambusnadel - eine Sak Yant Tätowiernadel, wie sie seit Jahrhunderten verwendet wird.

Dann spüre ich den ersten Stich. Kein Summen einer Maschine, nur das sanfte, rhythmische Einstechen der Nadel in meine Haut. Der Schmerz ist scharf, aber nicht unerträglich, eher eine Mischung aus Brennen und Druck. Mit jeder Bewegung zeichnet der Mönch das heilige Muster auf meinen Rücken, seine Hand sicher und erfahren. Der Schweiß perlt mir auf die Stirn, aber ich bleibe still. Das hier ist mehr als eine Tätowierung. Es ist ein Ritual.

Ich höre ihn leise alte Mantras murmeln, während er weiterarbeitet. Das Sak Yant ist nicht nur eine kunstvolle Gravur in meiner Haut, es ist ein Schutzzauber, eine spirituelle Verbindung, die Kraft und Segen bringen soll. Ich spüre, wie sich etwas verändert, eine Art Energie, die mit jedem Stich in mich übergeht.

Nach einer gefühlten Ewigkeit, vielleicht eine Stunde, vielleicht länger, hält er inne. Der Mönch spricht ein

letztes Gebet, haucht meinen frischen Linien seinen Segen ein und drückt mir sanft auf die Schulter. Es ist vollbracht. Ich verneige mich respektvoll vor ihm. Mein Rücken brennt, doch in mir breitet sich eine tiefe Ruhe aus.
Ich stehe auf, spüre das Gewicht des Sak Yant auf meiner Haut, nicht nur als Tinte, sondern als Teil meiner Seele.

~ An der Wut festzuhalten ist wie Gift zu trinken und erwarten, dass die andere Person stirbt! ~

7.Kapitel

„Dad, warum bist du eigentlich nach Thailand ausgewandert?“ möchte ich wissen. Nach der vorgefallenen Hundeattacke vom Strand, sitzen wir nun in einer kleinen Kaffee &Tee-Bude. Dad nimmt noch einen Zug von seiner Zigarette und drückt sie aus. Er lehnt sich zurück, nimmt einen Schluck Kaffee und schaut in seine Tasse, als könne er Kaffeesatz lesen: „Weißt du Elisa, ich hatte schon immer einen Ruf in mir, habe lange Zeit der Gesellschaft entsprochen: Beruf gelernt, geheiratet, Kinder in die Welt gesetzt und das Restaurant gehabt. Verstehe mich bitte nicht falsch, ich bereue das alles nicht, ich liebe euch und daran wird sich auch nie etwas ändern. Der Zeitpunkt war irgendwann da, auch du musst irgendwann das tun, was in dir ruft. Jeder hat diesen Ruf in sich, nur die meisten Menschen hören nicht darauf, weil wir vom Konsum „schneller - besser - weiter“ abgelenkt werden. Das bedeutet: "irgendwann musst du all deinen Mut zusammennehmen und tun, was sich für dich richtig anfühlt", auch wenn die Angst so ziemlich alles aufzählen wird, was dagegenspricht. Die Angst hat auch eine Berechtigung da zu sein, sie will uns vor dem Unbekannten schützen und uns in Sicherheit wiegen, Angst ist ein deutliches Zeichen, genauer hinzusehen und das habe ich gemacht. Das Restaurant verkauft den Gewinn angelegt und weil ich keine großen Luxus Ansprüche habe, kann ich hier recht gut davon leben. Meine Gedanken schweifen ab. "Ruf"? Könnte vielleicht „ich bin“ auch ein Ruf sein, frage ich mich lautlos? Während die Frage in mir nachhallt, spüre ich einen leichten Luftzug. Im Augenwinkel sehe ich ein orangefarbenes Gewand, welches mich beim Vorbeigehen an meinem rechten Arm streift, ich schaue auf, in Augen, die mich für einen Moment eindringlich und sonderbar sanft ansehen. Der von Tüchern umhüllte Kopf verschwindet durch die Menschenmenge. Mit einem seltsamen Gefühl im Solarplexus, frage ich mich: Wer war das?

Vermutlich einer der vielen Mönche, beruhige ich mich in Gedanken und frage Dad: „Können wir uns noch einen Tempel ansehen?“ „Das werden wir uns für den morgigen Tag vornehmen, stell dir bitte den Wecker für 5 Uhr morgens und schau direkt aus dem Fenster“ erwähnte er beim Aufstehen, um unsere Getränke zu bezahlen.

~ Gedanken und Gefühle sind dein Traum. Entscheide Weise! ~

8.Kapitel

Der Wecker klingelt. Ich höre Gesang. Stolpernd zum Fenster, weil sich mein linker Fuß in der Bettdecke verfangen hat. Ich sehe aus dem Fenster. Thais knien am Straßenrand und spenden Essen. Reis und Gemüse, in Almosenschalen, die Mönche in safranfarbenen Roben vor sich halten. „Ich liebe Reis, denke ich bei mir und höre meinen Magen knurren. Mit der traditionellen Geste der *Wai* bedanken sich die Mönche und segnen die Spender. Der Wai besteht aus einem Aneinanderlegen der Handflächen, üblich für die Grußhandlung, Respektbezeugung und ein Zeichen des besonderen Dankes. Je höher die Hände gehalten werden, desto höher ist der Respekt oder die Höflichkeit, der ausführenden, gegenüber der empfangenden Person. So toll! Wieder ein Punkt mehr auf der Liste, warum ich mich diesem Land so hingezogen fühle.

Erstaunlich wacher als am Morgen zuvor und mit Vorfreude auf das farbenfrohe Frühstück, spaziere ich runter auf die Terrasse zum Buffet. „Sawasdee ka Dad, wartest du schon lange?“ „Sawasdee krup Elisa, nö habe mir just in dem Moment einen Espresso bestellt. Wie geht es deinem Rücken? Etwas verwundert über seine Frage, weil mich wirklich schon viele Tattoos kleiden, antworte ich mit einer winkenden Geste:“ Ach, was“. Nach unserem energiereichen Frühstück machen wir uns auf den Weg zum nahegelegenen Tempel.

~ Wenn du in einem Loch sitzt, musst du als erstes aufhören zu graben! ~

9.Kapitel

Als wir den wundervollen beeindruckenden geschmückten Tempel betreten meinte Dad: „Du bekommst hier von den Mönchen ein Sai Sin, ein Stück des geweihten Fadens.“
Sai Sin steht für die Lehren Buddhas. Ein heiliger Faden in weiß der Reinheit, Unschuld, positive Energie bedeutet und den Träger vor negativen Einflüssen wie Unglück, bösen Geistern und Krankheiten schützt. Das Binden am Handgelenk wird in der Regel von einem Mönch durchgeführt. Dabei werden Gebete und

Mantras gesprochen, um den Träger zu segnen sowie Glück und Schutz zu geben. So trägt man das Glück immer bei sich...
Wenn der Faden reißt oder zerfällt, gilt dies als Zeichen dafür, dass er seine Aufgabe erfüllt und seinen Träger vor negativen Einflüssen bewahrt hat.
Wie sehr ich mich freue, gleich solch einen besonderen Faden zu bekommen. Ein wenig abseits und wartend bis ich an der Reihe bin, beobachten wir einen Mönch, der dabei ist, den besagten Faden um ein Handgelenk eines Touristen zu binden. Plötzlich taucht eine Frau (vermutlich die des Touristen) lautstark auf und platziert sich mit Schwung neben dem Mönch. Um ein Haar ist sie auf seinem Schoß gelandet. Der Mönch springt auf, als hätte sie ihm mit einem Elektroschocker einen Stromschlag verpasst. Ja, Mönche können scheinbar so friedvoll wie sie aussehen, sichtlich ungemütlich werden.
Kopfschüttelnd erklärt mir Dad: Mönchen ist es verboten, eine Frau zu berühren. Daher soll eine Frau den Mönch nie nötigen, etwas aus ihrer Hand zu nehmen. Almosen dürfen gerne auf den Boden gelegt oder durch einen Mann überreicht werden. Eine Frau soll niemals einen Mönch berühren. „Oha"ist meine Meinung dazu und mir wurde es genauso unangenehm wie allen anderen, die in der Nähe stehen und das Dilemma mit ansehen haben. Als die Gemüter sich beruhigen, habe ich geschickt, ohne Berührung, auch nun den Schutz des bedeutenden *Sai Sin*.

~ ***Man braucht nicht Kraft, um die Dunkelheit zu besiegen, sondern Licht!*** ~

10. Kapitel

Heute sind wir auf dem Weg nach Phetchabun, dort lebt Dad. Wenn du denkst, dass er ein gechilltes Leben in Thailand lebt, ist das nicht ganz der Fall. Für den *Farang*, so werden alle Europäer dort genannt, was keinesfalls abwertend gemeint ist, gibt es im

Königreich Thailand so einige Herausforderungen, abgesehen vom Visum, welches aktuell gehalten werden muss. Gefahren aus der Tierwelt, wie Reptilien, Skorpione, Spinnen, Schlangen aller Art. Beim Biss von der Königskobra darfst du wirklich keine Zeit verlieren, das ist lebensbedrohlich, du brauchst zügig ein Antiserum. Wobei das jetzt eine der krassesten Schlangen ist, aber einer der bekanntesten. Insekten, die Überträger ansteckender Krankheiten sind nicht zu vergessen.
Dad lebt abseits vom Tourismus, dementsprechend werde ich vom Dorf begrüßt. Ich steige aus dem Tuk Tuk und um mich versammeln sich in Sekunden eine Horde ältere, jüngere und kleine Kinder - Thais 😍 Emoji mit Herzaugen einfügen hat an dieser Stelle geklappt.

So niedlich und voller Erde beschmiert. Meine Mom hätte mir ein feuchtes Desinfektionstuch über Mund und Hände gewischt .Alle sind sehr freundlich und versuchen meine blonden Haare anzufassen. Um sich das bildlich vorzustellen: Wie ein Promi, versuchst du dich durch die Paparazzi mit Kameras vor der Nase zu kämpfen, der Weg ist dir versperrt, weil sie von dir DAS Foto bekommen möchten. Dad meint lächelnd, dass sie außer ihm noch nie jemanden mit heller Hautfarbe gesehen haben und erst recht nicht weiblich und mit blonden Haaren. Normalerweise sind Thailänder eher schüchtern und zurückhaltend. Wahnsinn, fühle mich wie von einem anderen Planeten. Hey, Moment mal, fühle ich das nicht schon immer?

~ Aus der Angst ist immer durch die Angst hindurch! ~

11.Kapitel

Bei uns in Deutschland findest du das Klo im Haus, bei meinem Dad in Thailand ist es draußen im Garten. Wie früher in „Unsere kleine Farm“. Das bedeutet, dass du je nach Geschäft besser bei Zeit losgehst, sonst könnte es knapp werden. Also, wenn ich an die abgelegten Geschäfte von Gigi und ihren Düften denke, ist ein Klo im Freien nicht die schlechteste Idee. Die Herausforderung ist, nicht in den Hühnerstall zu gehen, denn von außen sind die Türen identisch. Das Bad ähnelt einer Scheune. In Thailand gibt es zwei Arten von Toiletten: Westliche und Thailändische. Westliche sind wahrscheinlich die, an die du gewohnt bist. Die andere Art, die thailändische, heißt Hocktoilette oder Squatter-Toilette. Herzlichen Glückwunsch, ich stehe vor einer Hocktoilette.

Du brauchst dir keine Mühe geben, einen Wasserhahn oder eine Duscharmatur zu finden. Die gibt es hier nämlich nicht. Ein großes Fass mit Wasser gefüllt und eine Kelle darin, DAS ist die Dusche. Es ist für mich kein Problem dort zu „duschen", aber es kostet mich etwas Überwindung, die erste Kelle mit kaltem Wasser über dem Kopf zu leeren. Hierzu muss ich sagen, ich bin ein bekennender Warmduscher. Die Überraschung: Es gibt Strom, ich schaue auf den Lichtschalter, auf dem ein Frosch sitzt und darauf wartet, geküsst zu werden.

Das Essen in Thailand ist wie für mich gemacht. Ich liebe hier das Essen, wie es sonst nur Kinder bei ihrer Oma tun. Seit Jahren esse ich kein Fleisch mehr. Meiner Meinung nach bleibt das nicht aus, wenn du dich spirituell entwickelst: frei nach dem Motto: My Food is Grown Not Born. Das Gemüse hier ist vielfältig und so lecker knackig. Daheim kenne ich Gemüse nur matschig gekocht, um ganz sicher zu gehen, dass auch wirklich nicht ein einziges Vitamin den Hauch einer Überlebenschance hat. Sorry Mom. Lecker gegessen und satt, sitze ich mit meinem Journal auf der Veranda meines Dads und nehme einen Stift in die Hand. Die erste Nacht in Dads Haus in Phetchabun fühlt sich seltsam vertraut an. Obwohl alles fremd ist, das Zirpen der Zikaden, die feuchte, warme Luft, der Duft von Räucherstäbchen, die von irgendwoher zu mir ziehen, habe ich das Gefühl, als wäre ich schon einmal hier gewesen. Ich lausche den Geräuschen der Nacht. Mein Blick wandert zur Decke, und für einen kurzen Moment glaube ich, eine Bewegung im Schatten zu sehen. Mein Herz setzt einen Schlag aus. Gigi ist nicht da. Pan Tau auch nicht. Aber dieses Gefühl, dieses tiefe, uralte Wissen, dass ich nicht allein bin, das ist da. Mit einem tiefen Atemzug setze ich mich auf, schalte mein Handy ein und betrachte das Foto der mysteriösen Schrift, dass ich damals gemacht habe. „FACHHAN“ Das Wort schimmert auf dem Display, als hätte es eine ganz eigene Energie. Plötzlich taucht eine Erinnerung in meinem Kopf auf. Ein Mönch, der mich ansieht. Nicht hier in Thailand “ nein, es war viel früher. Damals, als ich noch klein war. War das wirklich eine Erinnerung, Eingebung oder nur ein Traum? Ich beschließe, morgen mit Dad darüber zu sprechen. Vielleicht hat er eine Idee, wer mir etwas über diese Schriftzeichen sagen kann. Vielleicht gibt es eine Verbindung zwischen dem, was ich damals gefühlt habe, und dem, was mich jetzt hierhergeführt hat. An Zufälle glaube ich schon lange nicht mehr. Bevor ich das Handy weglege, öffne ich eine "Übersetzungs-App" und tippe das Wort *Fachhan* nochmal ein. Die App rattert kurz, dann erscheint: Der Suchende wird finden. Ich spüre eine Gänsehaut auf meinen Armen. „Ich bin“, höre ich laut in meinem Inneren. Doch diesmal klingt es anders. Stärker. Klarer. Fast so, als ob jemand mit mir spricht. Was, wenn ich tatsächlich schon immer unbewusst auf der Suche war? Und was, wenn ich endlich Antworten bekomme? Warum ich so bin, denke und fühle. Morgen werde ich es herausfinden.

~ Behandle Jeden so, dass er nach der Begegnung mit dir glücklicher ist! ~

12. Kapitel

Am nächsten Morgen weckt mich das Krähen eines Hahns. Die Sonnenstrahlen fallen durch die dünnen Vorhänge meines Zimmers, und für einen Moment brauche ich, um mich zu orientieren. Dann erinnere ich mich: Ich bin in Phetchabun. In Dads Haus. Und ich habe etwas zu tun.
Ich ziehe mir eine lockere Hose und ein T-Shirt an, dann trete ich barfuß auf die kleine Veranda vor meinem Zimmer. Die Luft ist noch kühl, aber ich spüre schon die feuchte Wärme, die der Tag bringen wird. Dad sitzt im Garten, eine Tasse Tee in der Hand, während er eine Zeitung überfliegt. „Sawasdee,Ka, sage ich und setze mich zu ihm.
Er lächelt mich an. „Sawasdee krup, du solltest Schlappen anziehen, denk an die Skorpione, gut geschlafen?“
Ich überlege kurz, dann entscheide ich mich für die Wahrheit.˝Nicht wirklich. „Ich habe... "Nachgedacht."
Dad sieht mich prüfend an, legt die Zeitung beiseite. „Worüber?“
Ich hole mein Handy aus der Tasche und zeige ihm das Foto der Schriftzeichen. Kennst du das? "Oder

jemanden, der mir etwas sagen könnte?“ „Er nimmt das Handy und betrachtet das Bild lange." Sein Gesichtsausdruck verändert sich. Überraschung. Vielleicht sogar eine Spur von Besorgnis? „Wo hast du das gefunden?“ „Schon einige Zeit her in Deutschland. „Ich weiß nicht genau, was es bedeutet, aber es fühlt sich wichtig an und die Übersetzung Ich zögere, dann sage ich es: „Der Suchende wird finden,“ Dad nickt langsam und sieht mir in die Augen: „Das ist alt. "Sehr alt.“„Was meinst du damit?“ Er gibt mir mein Handy zurück und lehnt sich zurück. „Es gibt eine Legende hier in der Region. Von einem alten Orden, der Wissen bewahrt hat, das nie für die breite Masse bestimmt war. "Sie nannten sich die Hüter von Fachhan.“ Mein Herz schlägt schneller. „Gibt es sie noch?“ Er seufzt. „Niemand weiß es genau. "Manche sagen, sie seien verschwunden, andere glauben, dass sie sich nur verborgen halten.“
„Denkst du, das Zeichen hat etwas mit mir und ihnen zu tun?“ Dad überlegt kurz, dann sagt er: „Vielleicht." „Wenn du dir wirklich sicher bist, dass du die Antworten hören willst, gibt es einen Ort, wo du suchen kannst.“ Ich lehne mich vor. „Wo?“ Er sieht mich ernst und gleichzeitig traurig an. „Der Tempel auf dem Berg. „Wat Trai Phum.“ Er ist uralt und eine sehr alte Ruine, nicht mal, die Einheimischen wagen sich dorthin, du musst vorsichtig sein, Elisa, hörst du?
Mein Magen zieht sich zusammen. Ich weiß nicht, was mich dort erwartet, aber tief in mir spüre ich, dass das

der nächste Schritt ist. Entschlossen stehe ich auf und verkünde: „Ich werde zu diesem Tempel gehen, Dad, Jetzt!“ Dad steht auch auf, umarmt mich so fest und so lange wie noch nie zuvor und flüstert: „Ich wusste das eines Tages dazu kommen wird, ich liebe dich Elisa.

~ Sei Erkenntnis und nicht die Reaktion ~

13.Kapitel

Das Ende der Suche? Der Aufstieg zum Tempel Wat Trai Phum ist anstrengender, als ich erwartet habe. Der Weg schlängelt sich durch den dichten Dschungel, und die Hitze drückt auf meine Schultern. Doch mit jedem Schritt fühle ich mich, als würde ich einer Wahrheit näherkommen, die ich nicht ganz greifen kann. Endlich erreiche ich die Tempelruinen. Die Mauern sind alt und mit Moos überwachsen, ich stehe vor einer alten Treppe, die endlos nach oben zu führen scheint.

Eine eigenartige Stille umfängt mich. Plötzlich höre ich Schritte. Mein Herz schlägt schneller. Ich drehe mich um. Ein kleiner alter Mönch tritt aus dem Schatten. Wäre er grün, hätte ich gedacht, es ist Yoda. Seine Augen mustern mich ruhig, als hätte er mich erwartet. Ich schaue den Mönch an und sehe ihn zum ersten Mal wirklich. Seine orangefarbene Robe flimmert, als wäre sie aus Licht gewebt, seine Augen, die gleichen Augen aus der Kaffee-/ Tee-Bude, sie spiegeln ein Wissen wider, das weit über Jahrhunderte reicht.

„Du hast es also gefunden, Elisa." sagt er leise.

„Was habe ich gefunden, was bedeutet das alles und warum kennt er meinen Namen?"", denke ich ängstlich. Er lächelt, als würde er die Frage hören. „Es ist eine Einladung. Nur wenige finden den Weg hierher. Er deutet auf die Treppe nach oben. Suchende werden finden. „Fachhan" ist kein Rätsel, sondern eine Wahrheit. Du hast gesucht. Und du hast es gefunden.
„Aber was genau habe ich gefunden?"
Der Mönch legt seine Hand auf meine Schulter und sieht mir eindringlich in die Augen „Der Autor ist ein Schüler, dein Journal, erinnerst du dich, das bist du liebe Elisa!" „Du findest hier nicht eine Antwort, sondern eine Entscheidung. Das Wissen, das hier verborgen liegt, ist nicht für jeden bestimmt, aber du bist eine derjenigen. „Das Gefühl, das du schon seit deiner Kindheit spürst, dass du beobachtet wirst, die Gespräche, die wir geführt haben, mit Gigi auf dem Weg nach Hause, nach dem Kindergarten, das war ich Elisa. Ich bin bis zum heutigen Tag immer an deiner Seite gewesen. Ich habe dich auf die bevorstehende Erfahrung vorbereitet: bist du nun bereit um weiterzugehen?

Die warme Luft des Dschungels fühlt sich plötzlich kühler an. Ich blinzle und spüre tief in mir ein Gefühl des Loslassens, unterdrückte Tränen steigen in mir empor und es fließt. Ich spüre, wie schwer diese Frage wiegt. Wenn ich ja sage, wird sich mein Leben für immer verändern. Wenn ich nein sage, werde ich niemals erfahren, was hinter diesen Zeichen steckt und dem Mönch, der eine Verbindung zwischen Vergangenheit, Gegenwart und Zukunft zu sein scheint.Ich atme tief durch. Wie in Trance gehen meine Füße die alten gefühlt endlosen Treppen zum

Tempel hoch. Schritt für Schritt sehe ich auf die staubigen Stufen, wie sie mich immer weiter nach oben tragen. Mein Herz klopft fest, aber ruhig.

~ Die Definition von Wahnsinn ist, immer wieder das Gleiche zu tun und andere Ergebnisse zu erwarten! ~

14. Kapitel

Ganz oben in der verborgenen Tempelruine gehe ich durch eine schmale halb eingestürzte Türöffnung und betrete den Raum. Die Wände sind uralt, mit Moos und feinen Ranken überzogen. Die Luft ist kühl, erfüllt vom erdigen Duft und feuchten Steinen. Ein Hauch von Räucherwerk, als wurde hier vor nicht langer Zeit meditiert. Ich atme tief ein. Die Stimmen in der Ferne verlieren an Bedeutung, das Geräusch der Welt verblasst. Alles, was bleibt, sind Zeichen auf einer Steinplatte direkt vor mir. Ich lasse los. "Meine Angst, meine Zweifel, sogar mein Verlangen nach Antworten." all das fällt von mir ab wie Blätter im Wind. Und in diesem Moment geschieht es.
Die Zeichen auf der Steinplatte fangen an warm zu strahlen und das Wort FACHAN leuchtet aus der Steinplatte hervor, das sich in mein Herz brennt.

Es ist kein Geheimnis, das hier verborgen lag, es ist Erinnerung. Eine Erinnerung, die älter ist als die Zeit. Ich sehe mich selbst. Nicht nur in diesem Leben, sondern in vielen. Ich erkenne, dass ich nicht zum ersten Mal hier bin. Ich war schon mal hier, immer auf der Suche, immer fragend. Und doch war die Antwort nie verborgen, sie war in mir. Ich begreife. Ein Gefühl unermesslicher Ruhe erfüllt mich. Ich weiß, dass die Stimmen, die sich nähern, keine Bedrohung mehr sind. Ich weiß, dass ich nichts mehr fürchten muss. Ich lege meine Hand auf die leuchtenden Buchstaben der Steinplatte, und in diesem Augenblick verschwindet die Welt um mich. Ich werde eins mit dem Licht, mit dem Wind, mit der Erde. Kein Anfang, kein Ende, nur reines Sein.

Und wenn Fremde diesen Ort erreichen, finden sie nur Stille. Kein Zeichen meiner Existenz. Nur eine alte Steinplatte, die in der Morgensonne genauso aussieht wie all die anderen gewöhnlichen Steinplatten. Ich bin nicht verschwunden.

„ICH BIN" überall!

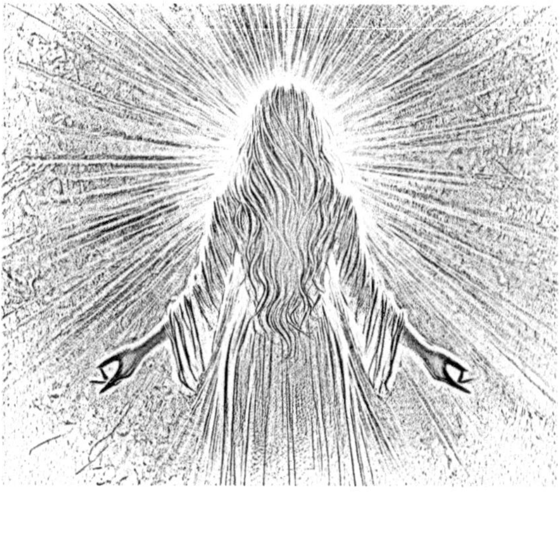

Mit jedem Schritt auf meinem Weg, mit jedem Atemzug meines Seins wünsche ich mir, dass mein Licht für dich scheint. Möge meine Erkenntnis dir den Mut geben, deinen eigenen Pfad zu finden. Möge meine Liebe dich daran erinnern, dass du bereits vollständig bist. Ich wünsche mir, dass du durch mich erkennst, dass in dir dieselbe unendliche Kraft ruht, dass du nicht suchend durch das Leben gehst, sondern dich erinnerst, wer du wirklich bist.

Ich wünsche mir, dass meine Worte dich sanft berühren, dich aufwecken aus dem Traum der Angst und Zweifel. Ich wünsche mir, dass du durch mein Sein erkennst, dass Frieden kein ferner Ort ist, sondern in jedem Herzschlag deines Wesens wohnt.

Ich kann dir nichts geben, was du nicht bereits in dir trägst. Aber ich kann ein Spiegel sein, indem du dich erkennst. Ich kann ein Licht sein, das den Schatten sanft erhellt. Ich kann eine Brücke sein, die dich zu dir selbst führt.

Wenn mein Weg dich berührt, wenn mein Sein dein Herz erinnert, dann habe ich erfüllt, wofür ich hier bin. Dann sind wir beide nicht mehr getrennt, sondern eins – in Liebe, im Bewusstsein, im ewigen Fluss des Seins.

Ich bin. Du bist. Wir sind die Quelle unseres Seins.

Schlusswort

Jeder einzelne Mensch ist unentbehrlich, wichtig und von unschätzbarem Wert – unabhängig von seiner Position, seiner Bekanntheit oder seiner äußeren Erfolge, sondern weil er ein einzigartiger Teil des großen Ganzen ist. Spirituell betrachtet hat jeder seine eigene, wertvolle Aufgabe im Leben. Wir alle sind miteinander verbunden, wie einzelne Wellen, die doch Teil desselben Ozeans sind. Kein Leben ist bedeutungsloser als ein anderes, denn jede Handlung, jedes Wort, jede noch so kleine Geste hinterlässt Spuren in der Welt. Es sind nicht die großen Persönlichkeiten, die die Welt prägen, sondern auch jene, die im Verborgenen wirken.

Ob du in einer hohen Position Verantwortung trägst oder zu Hause deine Familie mit Liebe umsorgst – beides ist gleich wichtig, beides trägt zur Harmonie des Ganzen bei. Denn das, was du ausstrahlst, kehrt zu dir zurück. Beobachte mehr statt zu bewerten. Säst du Güte, wird sie dich finden. Verbreitest du Liebe, wird sie wachsen. Die Welt spiegelt uns das, was wir ihr geben.

Deshalb zählt nicht, wie sichtbar dein Wirken ist, sondern mit welcher Absicht und welchem Herzen du es tust.

Hör auf den Ruf deines Herzens und folge ihm mit Mut und Liebe.

© 2025 Elanadi Phoenix
Verlag: BoD · Books on Demand GmbH, In de Tarpen 42,
22848 Norderstedt, bod@bod.de
Druck: Libri Plureos GmbH, Friedensallee 273,
22763 Hamburg
ISBN: 978-3-7693-9888-5